覚 和歌子詩集

ハルキ文庫

角川春樹事務所

本文イラスト
デナリ
本文デザイン
五十嵐 徹＋明石すみれ
（芦澤泰偉事務所）

覚和歌子詩集

目次

Ⅱ

覚和歌子詩集

プロローグにかえて

こ・こ・から

こと　こと　たたく
はじめは　ことば
ことほぐ　ために
うまれた　ことば

ころ　ころ　ころと
ことばを　やどし

ころがる　こころ
はじけて　ひかる

から　から　からに
こころを　やどし
からっぽ　からだ
おんがく　みちる

I

知らない町

あの角を曲がると
知らない町に着く
知らない子どもが住んでいて
知らない言葉を話してる
知らない花が香って
知らない歌が聞こえてる
知らないことがあるのはうれしい
明日が待ち遠しくて
たまらなくなるから
知らない町が　あるのはうれしい
わたしが知らない誰かになれる

もうすこし　あとすこし

にぎりこぶしをひらくみたいに
いつかつぼみもほどけるだろう
つちはうごきだすだろう

もうすこしがまん
もうすこしがまん

いてつくかぜに　はるはひそむよ
はしらにかくれる
ねこのまねして

なきべそがおがなおるみたいに
じきにねゆきもきえるのだろう
みずははしりだすだろう

もうすこしがまん
あとすこしがまん

ばねをちぢませ　はるはこらえる
むかしはじけた
うちゅうをまねして

水のまゆ

かたい氷が炎と出会って
ふっとうする水になる
やがて湯気にかわる水

雲になって
雨になって
手のひらのように
地球をつつむ
小さなわたしの
ビーカーの水

泣いてるわたしも
つつんでほしい
だれにも見つからないように

霧になって
雪になって
毛布のように
地球をかばう
小さなわたしの
ビーカーの水

うつむくこころも
かばってほしい
つぼみのひまわり
こらえてるから

ともだちはなぜ

カーテンがじたばたするのは
やぶけたようなうたのせい
またいだいすに　ならんでゆれると
とおいくもが　いったりきたり

ともだちはなぜ　ともだちはなぜ
わけもなく　たまらなく
こんなに　うれしいんだろう

きょうというおなじひ
おなじまどべに
いま　じかんがとまってる

かみひこうき　ゆびでしごいて
どっちがながくとばせるか
いちにのさんで　ほおばるゆでたまご
そらをおよぐ　サイレンのおと

ともだちはなぜ　ともだちはなぜ
わけもなく　たまらなく
こんなにたのしいんだろう

きょうというおなじひ
おなじひだまりに
いま　けしきもとまってる

十字路

出会いがしらで　好きだと思った
うれしくて手をつないで　だまりこむ
出会った理由は　知らないけれど
知ってる気がする　あなたのこと

それはよく晴れた　夏の午後
わたしの来た道と　あなたの来た道が
交差した十字路のまんなかに
セミの抜けがら　落ちていた

忘れないでと　言えなかったから
たちどまり向かい合い　ほほえんだ
またいつか　出会うために
大きく手をふって　さよなら言った

夕なぎがほっぺたに届いてた
ぼくの行く道と　きみの行く道が
交差した十字路を追い越して
ひこうき雲がのびていく

あるくあるく

あるくあるく　どこまであるく
きゅうすいとうの　こみちにそって
あるくあるく　ひとりであるく
かぜのにおいを　たよりにあるく

しろいボールが　くもにとぶおと
なれたシューズが　きゅきゅきゅとうたう

あるくあるく　どこまであるく
わらいじょうごの　ともだちがすむ
とけいそうが　ゆれるまちまで

あるくあるく　どこまであるく
おむすびもって　ちきゅうぎもって
あるくあるく　なかまとあるく
ゆうきをためしに　はげましあって

とおいほしから　とどくよげんに
さかまくかわが　ゴゴゴとわれる

あるくあるく　どこまであるく
みちのおわりが　みちのはじまり
ゆうひとあさひに　だかれてあるく

むかし　ことばは

むかし　ことばは　ひびきだった
ほしをどよもす　ひびきだった
うみをゆさぶり　もりをおどらせ
けものをたけらせ　だいちをおりまげた

むかし　ことばは　ひかりだった
ほしにしみいる　ひかりだった
はなをひらかせ　こころをみのらせ
ほねをあたため　ゆびをつながせた

むかし　ことばは　なまえだった
なまえはよばれて　きみになった
まぜこぜぬかるむ　どろのせかいから
きみをきりわけ　たちあがらせた
なまえはきみそのもの
おかせない　きみのいのち

そしてたったいまも　ことばはちから
まがこと　ほぎごと　よびおこすちから
つかいてにむくいる　たいようのやいば
まぶしすぎてぼやけてしまう　みらいから
ゆめのりんかくを　きりだして
はなしたことを　ほんとうにする
かならずきっと　ほんとうにする

その木々は緑

その木々は緑
まだ見ぬ明日にのびていく枝
その木々の緑
走り出す朝のよろこびの色

泣きたいわけじゃないのに
夢によく似た光が
ひとみのふちをこらえてる

その木々は緑
希望の奥からこみあげる風
その木々の緑
育ちやまない　少年の色

何ひとつ持たないのに
こころを叫びにかえて
残らず差し出したいような

真夏の振り子

駈けてくほど遠ざかる　青い地平線
風に投げた麦藁《むぎわら》に
君は叫んだ
未来で待ってて　と

ざわめく胸と
海鳴りも区別できずに
終わらない　めまいへ
からだ全部で　甘えながら

この胸のなか　途切れない
真夏の振り子
今も

青空へ登りつめる
焼けた坂道
とった蜻蛉《とんぼ》を　逃がしても
明日は　必ず
また来ると　知ってた

蟬のつんざき　草いきれ
煮えていた水
太陽は　毎日
何度でも　爆発してた

あの夏のまま　続いてる
夢の眩しさ
今も

この胸のなか　途切れない
真夏の振り子
今も

夕焼けパレード

茜色《あかねいろ》の夕焼けが
近づく時刻の
町はパレード

終わりの前の月星《つきぼし》は
遠く吠《ほ》える
犬の声も　連れてく

早く早く
お帰りと
闇が線路にのびる

きっときっと
あしたは
また必ず来ると
知ってても

忘れられた自転車
夜の永遠に
半分溶けた

今日一日を抱えたら
明かりの点く家は
もうすぐそこ

やっと
ただいま

いのちの名前

青空に線を引く
ひこうき雲の白さは
ずっとどこまでも　ずっと続いてく
明日《あす》を知ってたみたい

胸で浅く息をしてた
熱いほほ　さました風も　おぼえてる

未来の前にすくむ手足は
静かな声にほどかれて
叫びたいほど　なつかしいのは

ひとつのいのち　真夏の光
あなたの肩に　ゆれてた木もれ陽

つぶれた白いボール
風がちらした花びら
浮かべたままで　見えない川は
歌いながら流れてく

秘密もうそもよろこびも
宇宙を生んだ神さまの　子供たち

未来の前にすくむ心が
いつか名前を思い出す
叫びたいほど　いとおしいのは
ひとつのいのち　帰りつく場所
わたしの指に　消えない夏の日

はたち

うすい潮風と
真昼の白い月

空っぽな胸
空っぽな空が
すけて見える

坂道をかけおりて
とびこんだ腕は
目を閉じて泳ぎ出す
真っ青な海

夏と交わした
約束は　いつも
陽炎に消える

胸だけで息をして
高い空　見てた
まっすぐなからだだけ
とけていかない

忘れて　忘れないで
ここにいた私
背の高いひまわりと
揺れていたこと

十年あとのことは

思いも寄らない
夢から醒めたあとで
たどりつく場所を
おしえて

夏はおしまい
風の行方さえ
誰も知らない

坂道をかけおりて
とびこんだ腕は
どこまでもどこまでも
真っ青な海

坂道をかけおりて
とびこんだ腕は

どこまでもどこまでも
真っ青な海

Ginger Girl

うすら笑い顔で
けんかを売りつける
いちばんふれてはいけない
やわらかいひだつつく
攻めなきゃ守れない　何を抱きしめて
どこへ向かって歩くのさ
そんなに早足で

ヒリヒリしてるのは　心じゃない
舌の先っぽの方
甘い砂糖でごまかす　君はGinger Girl
じんわりと汗をかかされる

二の腕のタトゥは
赤い赤い鳥居
そのジンジャではないはずだ
照れ過ぎというものだ
冬の夜明け前の　マグカップみたいに
両手で包んでしまうよ
その全部丸ごと

ヒリヒリしてるのは　心じゃない
君のタマシイの方
しょっぱい涙でごまかせ　君はGinger Girl
しみじみと汗をかきなさい

くすり指のターニャ

空に向かって歩いていると
行方しれずになりそうになる

ついふらふらと恋などしては
自分の抱いた闇でケガして

ささえきれずに泣きそうだから
つま先ふたつ　ただ見つめてる

いくじなしでも　だめでもいいから
小さな私　旅をしなさい

癒えない傷は生きていた証拠
思いのかぎり　悔いないように
行ける場所まで

ひとつしかないせまい窓でも
風や光がこんなに入る
誰かの歌も

ひねくれてても　ひよわでもいいよ
かわいい私　旅をしなさい

一度じゃきっと何もわからない
たどりつかない　だからまぶしい
途中の景色

どこにでもある物語です
吐息ひとつを出来事にして
飛べない鳥は羽のかわりに
ふるえるこころ　それで世界を
行ける場所まで

林檎《りんご》

てのひらに ちょうどいいカタチ
くちびるに ちょうどいい赤さ
ほおずりに ちょうどいいカーブ
胃袋に ちょうどいい重み
青空の真ん中に放る
真っ直ぐにくりかえし放る
りんご　それはりんご
何も聞かない

りんご　それはりんご
何も話さない

ため息をふきかけてこする
胸元が小さく明るくなる

思い出はちょうどいい甘さ
かなしみはちょうどいい歯ざわり

終われない大好きがあるんだな
抱いたまま歩いていいんだな

りんご　それはりんご
何も聞かない
りんご　それはりんご
何も話さない

心の青

かたくなな瞳
続かない言葉
りんごの歯ざわり
初夏《はつなつ》の風
心の青が　似ているふたり
並んで見てる　白い雲

汲《く》みたての水
見えないヨロイ
ぎこちない正義
空っぽな　椅子

心の青が　消せないふたり
向かい合わせの　鏡のように

ひとりが好きで
ひとりがきらい
縮まらない距離
聖なる明日
心の青が　呼び合うふたり
いくつになっても　少年少女
心の青が　似ているふたり
並んで見てる　白い雲

フライング スプーン

見慣れた背中に　投げたら飛んだの
翼もないのに　あの屋根越えたの

おいしいものが　あなたとちがうの
ゆずってみても　笑えていないの

私の小さな銀の匙《さじ》で　すくった吐息
そっとくちびるにあてたら　曇り空

センチとインチじゃ　目盛りが合わない
どこまで行っても　かみあうわけない

おいしいものが　あなたとちがうの
かきまわしたら　混ざってくれるの
私の大事な銀の匙で　おさえた右目
ぼんやりうつる　真昼の丸い月
見慣れた背中に　投げたら飛んだの
翼もないのに　あの屋根越えたの

死にそうな日の笑い方

止まない雨の午後は　静かすぎるよ
毛布の中で　今日が終わった
手放すものの大きさを
みんなあとから　思い知るんだ

すごい朝焼けとか　音楽とかで
塗りかえたいよ　僕をまるごと
もうしばらくは　死んだフリ
忘れ去られたキャベツのように

今ごろ君を乗せた列車は走る

流れの速い川に沿って
もう海が見えるだろう　目の前に

うたれづよさには　憧れるけど
ひりつく胸で　僕は行くだろう
他人《ヒト》より濃ゆく　生きるから
ゼイタクなんだと　思えたりして

今ごろ君を乗せた列車は走る
流れの速い川に沿って
海を目ざすよ

ここじゃなくていいから　遠い町でいいから
君も誰かをはげしく
くるおしく愛してて　愛してて

葡萄の木

空を斜めに　銀の彗星《すいせい》
長く尾を引いた
いちばん夜が短い日
地平線を並んで眺めてる
一年前の今日はまだ
知らないふたり

闇の向こうに
たよりなくてやさしい明日がある
遠い列車　軋《きし》む音
わたしたちは

どこまで行けるだろう
つないだ指をきつくする
初恋のように

未来はいつも
少し大きめの自由を見せる
翼のような茜雲
夜明け間近　揺れてる葡萄の木
風の速さに憧れて
空を見てた日

風の速さに憧れて
空を見てた日

眠れる更紗《サラサ》

ほどけては
むすびなおす
つる草の緑は　あせて
すれちがいも
むつみあいも
あざなう模様の
凪の上

朽ちかけた
テレビ塔が
まどろむよ

陽炎の午後
八月は
遠音《とおね》の月
あなたなら
何て言うのだろう

いつのまに
夏は往《ゆ》くの
あと何度
夏はめぐるの
何ひとつも
残せぬまま
ふたりは
静かな波になる

かりん と かたつむり

愛のことは知らない
なのに
かりんの実が路地に匂って
立ち止まるとき
歩道橋から潮を待つとき
お客を送り出して
窓ぎわに座るとき

そこにいないあなたで
わたしはいっぱいになった

愛のことは知らない
なのに
にじんでしまうものは なに
かたつむりが這《は》ったあとのように
思いを残して
風に乾いていくものは なに

夕焼けは星空のはじまり

なつかしい風に　ふと立ち止まる
シャツをはおるように　すれちがう匂い
遠すぎる場所は　あおぐだけなのに
ふれてた頬よりも　今あなたは近く

泣けるだけ泣いた　昨日までが
私をようやく　歩き出させる
終わるような　燃える空に
最初の星が　光る

折り返す頁《ページ》　左利きの手
抱きしめるよりも　強い記憶がある
新しいままの　かなしみでいい
そのぶん世界へと　やさしくできるなら

もう一度また　歩き出せば
温まるだろう　指も心も
終わるような　燃える空に
はじまりの夜が来る

もう一度また　歩き出せば
温まるだろう　指も心も
終わるような　燃える空に
最初の星が　光る

封印のワルツ

忘れたふりして生まれてゆく
そしていつか本当に忘れる
愛しい音楽　惹かれる匂い
あなたがとてもなつかしい理由《わけ》

錆びつく螺子《ねじ》は壊れはしない
そっとわたしの指を待つ
立ち止まるとき　ふり返るとき
隠し扉の光がもれる

誰も教えてはくれないから
思い出すしかできないから
手探りで行く迷路も闇も
選んで捨てる地図のとおり

忘れたふりして生まれてゆく
あの約束を遂げるために
十字の広場に　いまさよならを
わたしの星と出会うために
わたしが誰かわかるために

ピエタの椅子

おかえりの声に　よく似てる
この静けさは　知っている
はるかに見下ろす　水の星
はじまりのために　終わる星

わざと窮屈なドレスで　踊ってみたかった
痛みはもうなつかしくて　悲しみはやさしいだけ

ちからのかぎりに　泳いだ夢に
最後のキスして　ゆっくり手を離す

ここにいてもいいの　もう少し
星々《ほし》の響きを　聴きながら
海底《みなそこ》に沈む　あの椅子は
長い眠りについたころ

たくさんのわたしがたどる　果ての見えない旅
瞳が描ける数だけ　味わう光と闇

思いを尽くして　閉じてく夢は
広げた両手で　まぶしい砂になる

願いのかぎりに　泳いだ夢に
最後のキスして　ゆっくり手を離す

野苺《のいちご》

空を切り裂く鳥の声
ためらい　踏み迷う森に
泳ぐ指先が霧をつかむ
　このまま　もう動かないで
　朽ちるしあわせも選べる
どれほどいとしくても
誰のものにもできない心
頼りなさが決めごとなら
倒れながら歩かせるのは
どんなちから　誰の

いつからか思い出せない
見えない追手におびえて
みんな帰る場所なくしてる
　浅い眠りの夜のふち
　夢さえ見方を忘れて
どんな闇の底でも
ひとはいのちの星のかけら
生きるのなら　もっと遠くへ
まだ見ないほど
風に空につながれるほどに

薄い手のひらを透かして
止《や》まない確かな脈拍
立ち止まり耳をすませて聞いた
　熱く通う血の赤さは
闇夜に灯《とも》した野苺

ひまわり

はじまりとおわりは　誰にも見えない
本当は　夢かもしれない

笑顔のまぶしさに　理由はいらない
しずかな地平に　しずかな風だけ　わたってく

ときめきながら　危ぶみながら
踊りましょう　めぐりましょう
とこしえ　つかのま
いのちと夢の　冒《おか》せぬ秘密が
いざなうとおりに

はじまりとおわりは　誰にも見えない
何もかも　夢でかまわない

真夏の青空を　あおぐよ　ひまわり
しずかな地球に　しずかな風だけ　わたってく

いくつのさよならを　くりかえしたなら
心から気づけるのだろう

太陽　追いかけて　回るよ　ひまわり
しずかな地平に　しずかな風だけ　わたってく

いつも何度でも

呼んでいる　胸のどこか奥で
いつも心踊る　夢を見たい

かなしみは　数えきれないけれど
その向こうできっと　あなたに会える

繰り返すあやまちの　そのたび　ひとは
ただ青い空の　青さを知る
果てしなく　道は続いて見えるけれど
この両手は　光を抱ける

さよならのときの　静かな胸
ゼロになるからだが　耳をすませる
生きている不思議　死んでいく不思議
花も風も街も　みんなおなじ

呼んでいる　胸のどこか奥で
いつも何度でも　夢を描こう

かなしみの数を　言い尽くすより
同じくちびるで　そっとうたおう

閉じていく思い出の　そのなかにいつも
忘れたくない　ささやきを聞く
こなごなに砕かれた　鏡の上にも
新しい景色が　映される

はじまりの朝の　静かな窓
ゼロになるからだ　充たされてゆけ
海の彼方には　もう探さない
輝くものは　いつもここに
わたしのなかに　見つけられたから

風の丘

追われて追われて　風
町から町へ　さすらう
胸に抱いたリラ
無口な道連れに

やぶれた靴のかかと
夕べの露にぬらして

かりそめの恋ごとに
国境を越える
行く手には雲の峰　湧《わ》く空

人の世にかなしみが
生まれ続けるのなら
せめて夢見せる
窓辺の歌になる

道の途切れる場所が
終わらぬ旅のさいはて
ことほぎの言葉
固いパンに換えて

閉じた戸口の前に
何度でも指を組もう
痛いほどの自由に
つぶれないように

星空と睦言《むつごと》を交わして

人の世が凍りつく涙で
できてるなら
ひと夜を寄り添う
祈りの歌になる

人にかなしみが
生まれ続けるのなら
せめて夢見せる
窓辺の歌になる

ほしぞらと　てのひらと

思わず仰いだあの夜の
空には降るような星明かり
昨日と変わらぬ永遠《またたき》は
立ちすくむ街を抱いていた

私たちはもう何度も全てを失くして
真冬の暗闇《くらやみ》うずくまった
風がすさぶ荒野から歩き出したとき
聴こえた歌を忘れない

つたなく幼いものたちは
静かに許されここにある
ひとのかたちした よろこびで
青ざめた星を満たすため

私たちはもう何度もひとりきりになって
ふるえる炎に向かい合った
このからだひとつあればまた生きていける
寄り添うあなたの手を握って

私たちはもう何度も全てを失くして
そのたび灯《あか》りをさがしあてた
このからだひとつあればまた生きていける
出会う誰かの手を握って

Ⅱ

空への予言

静けさは戻るだろう
沈黙が届ける空気のかすかなふるえ
ひそやかなものを受けとめる気持ちが
あなたを誰かに 強くつなぐ
その日も空は青いだろう

愛は思い出されるだろう
もらい取るばかりだった ちからを
贈り物にもできる自分を知って
あなたは おどろく
その日も空は青いだろう

目覚める知恵が　あるだろう
わずらいは消えないのに　ほほ笑む時間は長くなる
終わりも始まりもないという言葉に
細胞のつぶつぶは満たされて
その日も空は果てないだろう

初めての花や樹が目立たぬように現われる
古い歌と聞きなれぬ歌が呼吸とひとしく日々をうたう
恋人がねだるキスの雨は
この星のおまつりの最初の儀式

そっとその日はくるだろう
津波も隕石《いんせき》も引きつれず
絶対時間をくつがえし
空がほんの少し　すきとおったこと以外は
何ひとつ変わらない風景のままで

むかしはみんなが巫子《みこ》だった

むかしはみんなが巫子だった
花や草の伝言を聞き
岩の響きに手を触れた
火と水とに教えを乞うて
死んだひとと　話をした

むかしはみんなが巫子だった
太陽と月の通り道と
夢の読み方と
ゆっくり歩くことを

知っていた
他人にするのとおなじだけ
自分のことをうやまった

むかしはみんなが巫子だった
昨日が　遠くに見渡せて
明日は　来る前に癒されていたから
いつでも今は　空っぽだった

むかしはみんなが巫子だった
からだの真ん中にいる神さまが
花の真ん中にも
岩の真ん中にも
河にも星にも
つながっていた

むかしはみんなが巫子だった
けれど　今より
苦労がなかったか
それは誰にもわからない

言葉の領分

言葉は　君に出会って
愛されたがってる
君の血や肉になって
君の中で生きたいと思ってる
君といっしょに
よろこびやいたみを
受けとめたいと思ってる

言葉はもじもじしながら言うかもしれない
わたしを道具に使ってほしい と
野球のグローブやスケート靴のように

みがいて大事に手入れをされて
ここいちばんのとき
君の役に立ちたいのだ と

誓いを宇宙に放《はな》ってごらん
君の決意に調律されて
見えない神殿が立ち上がる
言葉は君に告げるだろう
いつか聞いたようなおごそかな声で
いっさいはわたしにはじまるのだ と
君に未来が起動する
夢のプログラムが走り出す
言葉にならないよろこびまでの最短距離で

春は夢の上

雪どけ水のせせらぎの音
花びらをふきこぼす南風
とろりとたゆとう海の色
笑いをこらえる曇り空
路地に満ちる呼び声は
覚えたての雲の名前
空の名前　樹の名前

春という春に愛されて
生まれてきた
あなたはときめきの化身

かわりのきかないひと
この世にたったひとつの
いのちのかたしろ
渦巻きあふれてせめぎあう
その心のむずむずは
どんなにもどかしくても　じれったくても
あなたが今ここにいて
ついえぬ夢の上を歩いている証拠

ありったけの夏

あなたが生まれた瞬間
世界中のイルカが
いちどにはねた
踊る波しぶきは
万雷《ばんらい》の拍手
太陽はひときわ燃え
空は青さをつのらせた

海にも山にも
街にさえ
ありったけ放たれたいのちの匂い

何もかも許されている季節に
あなたもまた
思うさま投げ出すその手と足で
真昼の見えない星々を
抱きしめるといい

入道雲をつらぬくジェット機の音
こらえやまない気持ちの強さを
ずっとかかえて行かれるように
愛と呼ばれる約束が
青い惑星のおもてを
どこまでも手渡されて行くように

秋の質問

秋は記憶へと向かう長距離列車
静けさを取りもどした夜の奥を走る
生まれる前のおおぜいのわたしが
もう一度生きようとするわたしを
こんなに祝福してくれている

軒の干柿《ほしがき》の夕焼け色が
ひとつひとつ心にともると
すすきの影がのびていく
揺れる穂先にあやされて

生まれて最初に聴いた歌のことばが
あともう少しで思い出せそう

ずっとやりたかったことをやっていい
生きることはひたむきなのぞみ
生きることはいじらしいよろこびのはずだから
この世にたったひとりの
わたし自身であるために
心をそらさずにたずねよう
ねえ　本当に欲しかったものは何だった？

ふゆはたまもの

いつくしみのいろはゆきのしろ
すべてのあやまちとかなしみに
つぐないをもたらすやさしさのいろ
けしきにはじまりをおもいださせ
こころにぜろをとりもどし
ふたたびいのることから
せかいをかきかえるためのいろ

まきすとーぶのほのおがおどりあがる
だれかがとをたたくおとがする

もしかみさまがいるとしたら
ふゆはひとへのたまものとおしえるだろう

あたえられたあいをみがいて
ひかりのたまにして
むねにかかえて
あたたかなこきゅうをつづけなさい
いまをだいじにねむる
あかんぼうのように

羽虫《はむし》

おかあさん
いつもかわいがってくれて　ありがとう
わたしだけを見つめてくれて　ありがとう
自分のことのようによろこんだり
かなしんだりしてくれて　ありがとう

だけどおかあさん
わたし　息ができない
おかあさんの言うとおりに　やりたくない
どうしても

おかあさんは　わるくない
でもきっと　わたしだって
わるくないよ

かわいいまいちゃん
おかあさんだけのまいちゃん　と
だきしめられると　わたし
うれしいのに　そわそわする
あったかいのに　へとへとになる

とうめいな羽のある
かすかな生きものになって
おひさまのひかりのように
見えないけれど　たしかなもののところへ
ベランダを飛び立ってしまいたくなる

うすみどり

電車の中では
わざと　けたたましく笑うの

興味をいだいてほしい
愛されてる気持ちと
似てるから

注目してください
生きててもいいのかもと
思えるから

でもね
ホームにおりたら
うすみどりの五月の風 すいこんで
胸をいっぱいにしてる私のこと
ほんとはいちばん
知っててほしい

夏の理由

北半球の短い夏
むせかえる緑をかきわけて
ひぐらしの音に連れられて
あわいをこえてくる死者たちを
ひこうき雲の白がむかえる

生きてたころは力いっぱい走っておもいきり転んだ
愛して憎んで盗んで奪われて泣き叫んだ　呪った
汗みずくで追いかけて
のどを鳴らした水がうまかった
期間限定であてがわれたからだも
使いたおされて冥利《みょうり》だろう

だが脱いでみてわかったんだ
重力は借りもののよろい
思い出したんだ
あっちが故郷　こっちが異郷
それでもからだはいい
からだがあるのはすばらしい
血と骨と皮膚と粘膜
痛くても重くても鈍くなっても
精いっぱい生かしたからだを
吹く風にまかせて
汗が引いていくときの
泣きたいような爽やかさ
からだからしかもらえない異郷の味が
狂おしくて恋しくて
また来てしまったよ

夏の空気は彼らで満ち満ち
砂糖水のようにどぷりと揺れる
生きている者にも持ちおもりするいのち
見えない彼らがたくす思いのたけで
わたしたちの夏はいつも烈しい

ドモ　アリガト

ヨウコソ　いらしゃいました
わたしたちの村に

わたしたちの村には なんにもありません
ミロクボサツもセイボマリアもおられません
あるのは　あの気前のいいおてんとサマと
はだかで暮らす わたしたちばかりデス

わたしたちの村では
1よりほかの数字は幻でス
魚も鳥も木も花も
持ち主がいないので

数えるテマがいらないのです

わたしたちの村の人は
ドラマチックな事件というのを　おこしません
ダカラ　退屈しないように
お芝居や音楽が　おおはやりです
ああ　それでゲイジュツノスイジュンが高いのですねって
そのこと　よく言われますけど
それ　わたしたちの言葉になおすと　何になりまスカ

お祭りは　にぎやかですよ
結婚式もお葬式も　おおさわぎします
おめでとう　おめでとうって
みな　よろこびます
死んだ人に　会えなくなって寂しくないのかって
そりゃ　見えないのは寂しいでスけど

見えないだけだし
ほら　そのうち　また会えるからうれしいです

静かでしょ
ほんとは　ここではあんまり　しゃべらない
大声も出さない
最後に言いたいこと　でスか
あなたに会えて　とてもうれしい
ともだちになれて　うれしい
シャシン　撮りますか　はい　チーズ
シャシン　見て　わたしのこと思い出してくださいね
わたし　今日みたいな空の色の日は
かならず　あなた　思い出せますから　とても　うれしい
あなたに　会えて　よかったです

ドモ　アリガト

実験惑星

自分じゃ見えないんだよね
自分の住む星が青いだなんて
ナスカの地上絵の
サルの形だって
地面に張り付いてたらわからないんだから
ここが美しい星だなんてことも
そのうえ回ってるなんてことも

風が回しているんじゃない
ぼくたちが漕《こ》いでいるんでもない
ある日駆けよった二人の右肩と右肩がぶつかり合って

瞬間ペアダンスみたいに回りはじめてしまって
それから今までずっと　回り続けてる

土と火と水と風とがはじめた物語を
草や森がうたいついで
蠢《うごめ》くものと泳ぐものと這《は》うもの
飛ぶものと走るものが生まれて
考えるヒトが
考えすぎるヒトビトが
いつかあふれて
暴れて

立ち上がっては折れていく塔
にぎわっては忘れられていく街
撃ち合っては虚空へと弾かれる銃
生まれては死んでいく風景をふり落とすこともなく

地球は回る
やりたい放題の実験メリーゴーラウンド

憩いもいさかいも回る
むつごともはかりごとも回る
ゆっくり回っているから
長続きするような気になる
素敵なことも
そうじゃないことも
このまま終わることなんかないと
回っていることを気に留めないまま
回り続けるぼくたちは

自分じゃ自分が見えない

大銀河のどこか外れあたり

進化の先をゆくものたちに
観察されてるのにも気づかない

走り水

その小さな身体のどこに
ためていたんだろうね
あとから　あとから　あふれるような
そんなにたくさんの涙を
大切に可愛がっていたタンゴが
車に轢《ひ》かれた雨の夜
そのむくろを小さな両手にかかえて
おまえは　手放しで
そんなにも泣く

寂しさでこわれてしまうおまえでは　きっとないよ
いつか　もっと年をとって

その身体のサイズで
引き受けきれそうもない悲しみが
やさしい言葉でも音楽でも癒されずに
おまえの中で暴れるとき
誰かの無言のてのひらが
おまえの背中に
そっと当てられるといいね
さわらないでくれよ　ほっといてくれよ
と言いながらでもいいから
おまえの中心を流れる河から
走り水のように
何かがその腕の方向へ
逃げていくのにまかせなさい
てのひらは耳になって
じっとその水音だけを聞いてくれるだろう
だまってその水音に

身をまかせるおまえを
だれも甘ったれとは　呼ばないよ
ほんとうは甘ったれじゃないというひとを
おとうさんは　知らないよ

おまえだけの悲しみを奪わないよ

それを覚えておいてほしいから
そのやわらかい皮膚の下で
息をする細胞の一つ一つに
刻みこんでほしいから

いつか　大人になった
おまえの手が
誰かの走り水を
そっと逃がせる手であってほしいから

おしっこ

少年のおしっこの先っちょが
じめんにとうちゃくする直前
もぐらの子どもが
土の中から顔を出した

ぬるいシャワーをあびながら
子どももぐらは　かんどうする

ああ　とうさん
おそわったことは　ほんとうだった
おてんとうさまは　ほかほかしてて
それから　きらきらしていたよ
ちょっとも
目をあけていられないくらいだよ

ひとめぐり

死について考えていると
土のことを考える
還《かえ》るべきその土について

土について考えていると　いつのまにか
水を思っている
土を湿らす水の匂いとそのめぐり

水を思うことは
育まれる草や木を
思うことだ

梢《こずえ》がまぶたにそよぐとき
落葉がくるくる回るとき
わたしのなかに
風が生まれ

記憶の奥から吹く海風に
十五のわたしが
よみがえる

十五のわたしは想像していた
三十年後の
五十年後の自分
いまわの際《きわ》の自分を

そのころは

何かをあきらめているかしら
悔やむ昨日があるかしら
誰かを恨んでいるかしら
そのどれもないという一生を
どうしたら過ごせるものかしら

十五のあのときからずっと今も　この先も

死について考えていたら
いつのまにか　考えていた
生きることを

さかな

いのちのなかみを
かろうじて覆うものは
いつでも破けそうな
一枚きりの薄い粘膜
水に浸していなければ
ひからびる

さかなよ
わたしは　いのちをむきだしにしているか
ヒトの心に　水を感じて
この世を思うさま　泳いでいるか
ハハの望む私と
私の望む私を　しずかに区別しているか
ハハのまなざしを　やさしく受けとめながら
私は誰だと　問い続けているか

黒水晶の家

寝ころんで見た星空が綺麗で
ああ今日からここに住むんだわって思った
家具もカーテンも揃えてなかったから寒かったけど
あなたが考えつくした場所だから
わたしはなじんでいけるんだろうって

木の気配に耳をすませながら
足裏にていねいな呼吸をしながら
ゆっくりパンを切り分けて
壁に体温をめぐらせて
天井にことばをふるわせて

小さな息子は手すりの間を落ちたけど
娘は部屋に友だちを呼べないってすねたけど
半地下で格闘するあなたの気配も丸ごと感じて
ふたりは 朝の青空をたしかめる子に育った
一枚の扉にも さえぎられない
この家のどこにいても
ひとしくおいしい空気を細胞に満たして

ふるまいが起こす風と
くりかえすほほえみ
分け合う吐息の深み
ひとつひとつを練り上げて
わたしたちが培った空間は
いま　静かな太陽と影を掬《すく》いとるたなごころ
どこにでもある材料を集めて切り出した

どこにもない　ひとはだの宇宙

あなたの設計図は予言書だった
あの夜　いじらしい歴史を未来にひそめて
天体のまたたきを反射していたジェム
わたしは知ってる
窓から見上げた星々も
この家を見つめていたことを
遥かな自らの地上に生まれた分身として

希望の双子

これは役に立つ本だ　と君は言う
たった1ドル　買わなきゃ損だ
自分じゃ読めない古雑誌を売りつける君の
こすりつけてくるからだの匂いと
泥のつまった指の爪

妹が家で死にそうなんだ　と君は言う
いちにち分の家族の食いぶちのために
くいさがる君のしつこさは
物心ついたときから
とっくに腹をくくっている証拠

想像力は持っているだけ　苦しいのか
やぶれる夢は見ないことにしてるのか
それとも　生きててうれしいと
ときどきは思うのか　君も
妹のほほえみに　つい笑い返したりするのか

そのくせ　ときどき見せる
無防備な　ぎょうてん顔
乾いた砂を巻き上げる風が
やけて分厚くなった頬に
粉を吹かせて

友だちもみんな似たようなものだから
貧しさをすねることもない
誰かのせいにすることもない

生きのびるためのたった今を
むさぼるように積みながら
君は下っ腹でくそ意地を練り上げる

それがいつか
君の国のやまない疼《うず》きをはねかえす
したたかなばねにかわるといい
希望は絶望にとてもよく似た姿をして
明日の方角から
もう歩き出しているかもしれないから

このたたかいがなかったら

このたたかいがなかったら
子どもは物売りに出かけずにすんだ
毎日欠かさず学校へ通えた
けれどこのたたかいがなかったら
家族を残してやってきた異国の兵士と
友だちになることはできなかった

このたたかいがなかったら
恋人たちははなればなれにならなかった
さびしさで胸をかきむしることもなかった
このたたかいがなかったら

今ごろつつましい結婚式をあげていた
けれどこのたたかいがなかったら
いのちとひきかえに深まる愛を
知らないままで老いたかもしれない

このたたかいがなかったら
町一番の食堂もこわされなかった
ひとのにぎわいも続いていて
働き口にもこまらなかった
けれどこのたたかいがなかったら
世界はこの国をかえりみなかった
国の名前さえ思い出さなかった

このたたかいがなかったら
死ななくてすむ子どもがいた
死ななくてすむ親がいた

そしてこのたたかいがなかったら
私はここに来なかった
混乱のまっただなかにも
子どものはじける笑顔があることと
それに救われるかなしみがあることを
たぶん死ぬまで知らずにいた

このたたかいが終わったら

このたたかいが終わったら
友だちをさそっておむすび持って
町でいちばん高い山にのぼろう
はればれと見下ろす
生まれたばかりの町の
とどろく産声を聞こう
おしまいまでやりとげた充実で
胸をいっぱいにしよう

このたたかいが終わったら
黙って誇ることにしよう

まだだれも見ぬ地平線を描くという
難しいほうの道を選んだこと
失ったものより残されたものに
こころをそそぐと決めたこと
あえぎながら歩いても
小さな花を見のがさず
ありがとうねと声をかけたこと

小さな吐息で遠のくほどに
見失いやすい夢
知らない道の
草を分け入った先で
まだ負けていない自分に
会えますように

このたたかいが終わったら

大きな声でうたおう
消えいる心を支えてくれた歌
それよりもっと大きな声で
これでもかと泣こう
胸をしばっていたかなしみを空に放して
今度こそ夢も見ないでぐっすりと眠ろう

からだ

うたを歌うための声だろう
演説するための声でなく
歌にすませるための耳だろう
何もかもを　聞き逃さないための耳ではなく
いとしい耳たぶをそっとなぞるための指だろう
おいつめるためにさす指ではなく

ただ　ダンスのための手足だろう
何かにしがみつくための
武器を握るための手ではなく
かかえこむための膝ではなく

踏みつけるためのかかとでなく

空に立てた指に　風を感じるための皮膚だろう
花びらをうけとめるための両肩だろう
キスするためのくちびるだろう
キスされるための頬だろう

ひとつひとつが
まちがいなく役割どおりに使われて
はじめて　生かされるからだだろう

朝焼けを見るための　あなたの瞳だろう
たとえどんなに　この夜が長く続くとしても

世界は音

眠るとき目は閉じるのに
耳だけは起きている
その惜しげない無防備さで
もうひとつの宇宙を
内側に果てしなく広げている

耳は　静かに受け取り続ける
注がれる音たちを
雑音も暴力も虫の音《ね》も雨の歌も
黙ってその侵入にまかせている
訪問者を選ばずに　ドアを開ける

かばう何かを持たないので

耳は何も決めない　行く先も目的も
途方もない千里の道を　一歩から
踏み出そうと　はりきるのは役目じゃない
そこにそっといるだけ
耳は判断しない
正しいとも間違っているとも

耳は記憶しない
怒りも　ぼやきも　ぐちも
あとからあとから　通り抜けるばかり
洗い立てのじょうごのくちは
永遠に向かって
底のぬけたかんにん袋

耳には手出しができない　口出しができない
耳は耳で　手でも口でもないから
ただそこにあることで　過不足なく足りている
空の問いかけに
軒下からあおむいては　そっと答えている　青いあさがお

やわらかな鼓膜は　使いこまれた管楽器
いつも中心がどこかをつきとめる
こまかくふるえながら　自分しか出せない音が調律されていく

許しながら　受け入れながら
耳は世界に向けて　放射する
すべてを吸いこむかたちは
そのまま　遠いかなたへ向けてほどかれるかたち

『空気の日記』より

2019年に始まったCOVID−19によるパンデミック下、翌年4月から一年間、23人の詩人がリレー形式で書いた詩による日記

2020年8月2日(日)　八ヶ岳

この陽射しを
もう疑わなくていい
つかの間かもしれないと
身がまえなくていい

山に来た六日まえ
特急の雨の窓には まだ
葡萄畑の緑がけむっていて
効きすぎた空調には
何枚はおっても からだがこわばって

動けなくなる四肢を
動いてしまう心に
かかえ続けるということを思った

静かな死を願ったひとと
その願いを叶えたひとは
もう一日をこらえようとする仲間を離れたとき
何にうつむいていたろうか

いつでも銃爪《ひきがね》を引ける拳銃を
枕元に置いておけたら
それを引かない自由を選べるのだろうか

自分ならどうするか
と　問わない者はいなくて　けれど

垂れ込めた雲の下では
ちがうこたえを出してしまわないように
考えることをしてはいけないのだったから

明日月曜の数字は きっとまた増えるけれど
林では 蟬たちがいっせいに鳴き出して
路《みち》の上に 光は強く動いてゆく

昨日から鰐《わに》している夫が 電話をくれて
どこかで財布を無くしてさ　というぼやきが
夏の響きだ

梅雨明け宣言。
7／23ＡＬＳ患者女性の嘱託殺人罪で医師二人が起訴。

8月24日(月)　八ヶ岳

自粛を自爆にはしないよ。政権が最長を記録した今日夜遅く、お湯の中の東京をあとにして、あなたが山に来た。仕事場から新宿駅まではヒトだったが、特急に乗ってすぐ指に水かきが張り、県境あたりで完全鰐《わに》と化したらしい。

車両には他に誰もいなくて、さらには座席にすわるとタテにとぐろが巻かれて腰にくるから、床にほふくさせてもらったそうだ。車掌が胴をまたぐとき帽子を取ってあいさつしてくれた。ＪＲにも思うところがこの時節さまざまある。

夜汽車は本がよく読める。気づくと寝ていたり目が覚めてまた続きを読んだり。降りる駅ですかとゆり起こされると車掌の顔が間近にあって、ああ、ありがとうございます、そう言いながら、つい手のひらで口をかくそうとしたという。

近距離会話の動作が、習い性《せい》になっていたから。けれど鰐では腕が顔まで届かない。それを忘れたまま気づけば大きく裂けた口の両はしに水かきの手をあてがっていて、思いがけずかわいいポーズになってしまったとため息をつく。

こっちの夜は風があるねえ。流れ星見えた？ネオなんとか彗星。それがね晴れてたのに見えなかったの。眼が悪くなってて星が特定できなかった。ふうん。でも平気だよ。かわりに別の感覚が冴えていくよ。嗅覚とか予知能力とか。

特急でわざとがまんしたビールを飲んでいる。おいしいね。ありがたいね。大きな口の端からこぼれないようにのどを立てて。みんなが取り戻したいと言う「元どおり」。鰐変化《へんげ》をくりかえしても、あなたの心とことばはいつもどおり。

コロナよりずっと前から私たちはおだやかな非常時を暮らしている。いつでもこの日々を成仏して終えられるように、手放すものを手放せることを救いにして。投げ上げるときの放物線がめぐらせてくれた結界の内側で。

今夜からは鰐がいるので窓を開けて眠れる。みんななぜ猫を飼うのだろう、鰐にすればいいのに。ヒトが神の似姿につくられる前の地球では、龍神に似せて鰐が生まれたという。遠雷が途切れない。龍が吼《ほ》えている。水の匂いがする。

10月29日(木)　東京・目黒

手を繋《つな》いで面会室にやってくる父母は
すべりの良すぎるドアに
いつまでたっても慣れることがない
マスクの顔に一瞬戸惑ってから
あいさつの声でひとり娘だとわかってくれて
ありがと　おかあさん

元気にしてるの？
たっちゃんは変わりないの？
今書いてるのはなあに？

そんなことよりおかあさん
今日はおとうさんの誕生日だよ
あらそうだっけ
あなたは元気なの？
たっちゃんはどう？
今なに書いてるの？
たっちゃんは時どき鰐《わに》になってるよ
なにそれ　わかんない
休みが多いから寝ころんで本読むの
そうするとだんだん鰐になってくの
ちょっと　おかあさんを混乱させるようなこと
言うのはやめなさい
えー、だって同じ会話は飽きちゃうじゃん
ねえたっちゃんは元気にしてるの？
あなた今どんなの書いてるの？

そろそろ歌おうか　おかあさん
心配いらないよ　おとうさん
アクリル板ごしに向かい合うから
小さい声をマスクにひそめるから

記憶は2分で蒸発するのに
歌はどこか深いところに
しみるみたいにしまわれている
おかあさんが帰りたいあの家には
大好きな絵も花器もお茶碗ももうないけど
知らない誰かがもうすぐ住むけど
おぼえた歌は　なくさないから
死ぬときも持って行ってもらえるから
わたし歌を作るひとになってよかったよ

いつ帰れるの　は

決まっておとうさんを困らせる夕方の質問
デンセンビョウがおさまるまで
もう少しここにいてよ
おかあさんのたった今がうれしいなら
わたしいっぱい嘘をつく
作り話をする
いっしょに歌う

制限時間は15分
夕焼けと
歌ふたつ分

2021年2月16日(火)　八ヶ岳

ひとつの雲もない空の奥へ

鰐《わに》がのそりと出かけていき
温まった尻尾で戻ってくる

すこし前からまた山にいる
鰐は端末に小説を仕込んで
わたしは〆切を二つ持って

木づくりのベッドの居心地
腹ばいと壁の光跡と蓮華香
ときどき音を立てる膝関節

検温計に前髪を上げるたび
35度しか出せない体からも
詞《ことば》の蒸気はうっすらと立つ

輪郭が霞む冬枯れの山から

春の方角へ寝返りをうつと
窓いっぱいに広がる野焼き

またひとつの冬が終わって
焼き払われた地面の下から
じき新芽たちは立ち上がる

ひとつの詞も
旋律さえ持たない
ただ光がふるえるばかりの
うたを
やしないとして

きみがこの詩を書いている

ヒトの肺を侵しながら聴いている
ヒトの呼吸は生きるためのうた

青ざめる惑星の球面を拡《ひろ》がって気づく
わたしも生き物の列に連なって
歌ううたがあるのだと

もう十分 呪いに値するわたし
誰かのいのちをひねり潰すだけのこの仕業に
きみは別の意味を着せたがる

わたしはヒトへもたらされた何度目かの救い
それは肺を裏返すようなきみの逆説
それはただ 力まかせと見えてしまうから

わたしを災いと呼ぶだけの結末を
くりかえすことにヒトは飽きない

わたしを向かい合う鏡にして
きみは きみ自身を生まれ変わらせようとする

誕生時の計画年表によれば
わたしたちの出会いは予定通り
必要なものだけがもたらされる
きみの宿題の中身を知っているのは
きみだけだ

きみがこの詩を書いている
きみたちの本当は 誰なのか
答えの尽きないこの問いかけにおいて
星を見上げてたずねることと
詩を書くことは
似ていると
きみは言う

きみがこの詩を書いている
星々を仰ぐように
日々生まれ続けるわたしを見つめて
いま

アプローズ

毎日の晩ごはんのごちそうに　拍手
食うや食わずの暮らしは　ごはんとおしんこだけでもおいしくて　拍手

道端の犬のうんこに　よくまあこんなに出たもんだと　拍手
それをデートのときしかも　新しい革靴で踏んづけて
めったにできない経験だから　拍手

生まれてくる　あかんぼうに　拍手
生まれてすぐ死んだ弟に
わざわざ苦労しなくってすんでよかったと　拍手

九十で死んだおじいちゃんに
こんな世の中に九十年もよく生きたと　拍手

大天才の芸術作品に　おおブラボーと　拍手
迷いの尽きない芸術家には　長い旅の楽しみに　拍手

できたお方だと　拍手
みえっぱりの　見得を切る男気に　拍手
ぐちのこぼしやには　見栄をはらない素直さに　拍手

ぴちぴちと健康な身体に　拍手
抱え込んだ病気には　乗り越えられる力を試されていて　拍手
不治の病には　たった今生きているという　そのことの眩しさに　拍手

善人は　そのまんまで救われて　拍手
悪人は　その罪深さのせいで　なおのこと救われる余地があって　拍手

垣根に咲いた赤い寒椿の　その赤さに　拍手
枯れ落ちた赤い寒椿から　地面にその種がこぼれて　拍手

美しいもの

美しいもの　それは通り過ぎる風
少女の頬の生ぶ毛をなでて
むせかえる初夏の森をあおる風
淹《い》れたての花茶《はなちゃ》の匂いを盗んで
思いつめるひとをふりむかせる風
けっして立ち止まることのない余白

美しいもの　それは生まれたての赤ん坊のあくび
いたいけなはじまりはすべての物語
おそるおそる近づく指の先が
光のおすそ分けにほんのり染まる

語り出す前の一途《いちず》ないのちの色は
まだだれにも名づけられたことがない

美しいもの　それは月星《つきぼし》のめぐり
惑いとあらそいを引きうける地球の
恐れにもかなしみにも乱されない律動
生まれては生きて死んでいくわたしたちの
からだをうたわせることわりとおなじ
おかせないたましいの永遠系

美しいもの
それは明け暮れの工夫
それは雨上がりの石畳
朝焼けの流れ雲
窓辺に置いた水準器のあぶく
猫の背骨のR

美しいもの　とても美しいもの
使い込まれたソースパン
お父さんがくれたメトロノーム
おかあさんの背中のすべすべと
帝王切開のきずのあと
血流の音
潮騒の調べ
美しいもの
ゆるぎなく美しいもの
たどりついた「ありのまま」

そして
美しいもの　それは祈るひと
憎しみに生け捕られず
人知の及ばぬものに裁きはまかせ

生きるほうへ生かすほうへと向かう心
たった今ここで　このむき出しの世界に
ほめ言葉を探し出せる心のちから

III

拝啓　陶芸家様

お疲れさま
あなた
今日は四十九日の法要をありがとう
いよいよ私　冥途《めいど》の旅に出ます
その前に一言ご挨拶がしたくって　こうして手紙を書きました
しゃらくさいと思っていた電子メイルも　こうなってみると重宝ね
埒《らち》もない存在の私が　信号に変換されることで
あなたとつながれる素敵さは
なかなかどうして　捨てたものではありません
そりゃもちろん　ちょっと厚めの便箋に
インクのかすれなんかを楽しみながら

やったりとったりする文通のほうが　断然好みではあるのです　でも
ここのところペンを握るなんてささいなことすら
難儀なことったらなかったのよ
あの日　二階の踊り場から　掃除機のコードに脚を取られたまんま
十七段の階段転げ落ち
打ち所を悪くして　まさか命を落とそうなんてことは
一生の予定外
自分が死んだと気付かないでいることは　何かとストレスがたまります
便利なものが人間を駄目にすると　決めてかかってはいけないわ
掃除機だって　これからはコードレスに限ります
私の死を無駄にせず　二階の掃除を存分に心がけてくださいね

きっかけなんて　こんなふうに　どこにでも転がっているものなのに
望まなくたって　こんなにあっさり死んでしまうのに
身投げや心中を邪魔されてしまうひとがいるのは不思議
欲しがりすぎると手に入らないのが　この世の決まりなのだとしたら

死にたがるのも　ほどほどにしないといけないのかしら
この世をはかなんだことなど　一度もなかった　と言いたいけれど
いいえ　本当言うと私も少し　ほんの少しだけは死にたかった
ほんの少しが　どれくらいかっていうと
死んだ　ふりができるぐらい　でも
それで十分だったのに

五年前　大して興味もなかったはずが
友達の沢村さんに誘われて　ふと行く気になった陶芸展
そこで　もしも　あのお茶碗を手に取らなければ
話しかけられることもなかったのだと思うと
巡り合わせは計り知れなくて
その時のことが　あなたとのいちばん鮮やかな記憶
お茶碗が自分の作品だと教えてくれるより先に
あなたの言葉の突飛なことったらなかったわ

角膜の上に動いている涙を　見たことがありますか。
はい？
ぼうっとひとところを見ていて　まばたきをしたそのあとに
景色の上をゆるく通っていく
透明なアメーバのたまゆら模様があるでしょう。
ああ、はいはい。
それ　眼球の角膜の上に揺れている涙の動きなんですよ、
中学二年のとき　同じ美術部の椎名くんが　教えてくれました。
椎名くんですか。
はい　ぼくたちの見る全ての景色が本当は涙に覆われているんだ　と
彼は言いました。
星々と砂ぼこりが交じりあう　人の世にあって
僕たち人間に清めの涙が流せることは　本当はとても素敵なことなんだ、
そんなふうにも。
なんだか　すごいのね。
僕は椎名くんの話が忘れられなくて

いつか涙の器を作ろうと　それで陶芸を志すことを決めたんですよ――。
私は　世界の秘密を一つ
こっそり手に入れたような気持ちになりました
いかにも　あなたの器の胴体には
うわぐすりを浮かべた半透明なたまゆらが
いくつもいくつもたゆたっていて　その行方を追っていけば
どこかいいところへ　きっとたどりつけそうな気さえしました
思えばその日　すでに恋をしてしまっていたのだと思います
第一印象って因果なものね
あの時があなたの一生で　いちばん饒舌《じょうぜつ》だったというのも　知らないで
この日の思い出だけをおかずに
三年は白いご飯を食べられそうな感動だったもの
口元のヒゲと大きな手　不器用な物言いも
確かに好みだったのは白状するけれど
あなたの寡黙さを思慮の深さと　思うだけ思い込んで
気が付くと　私たちは結婚していました　それが五年前

それにしても結婚式と結婚生活っていうのは
同じ「結婚」ではじまる言葉なのに
まるっきり正反対の風合いなんだわね
もっとも毎日が結婚式みたいに
厳かで晴れがましかったら身がもたないし
人の性格は表裏一体
あなたのだんまりだって仏頂面に通じることぐらい
わきまえていた大人のつもり
でも　お調子者の父と　笑い上戸の母に　騒々しく育てられた私の
「沈黙」という現象についての具体的な想像力が
こんなにもとぼしかったなんて
暮らしてみると　あなたは一日離れに籠もって
黙って土ばかりこねている人だった
私が百ぺん　話しかけるうちに
あなたがやっと一言洩《も》らす　新俳句よりもはるかに短い文句と

あなたが抱いてる　ろくろから生まれてくる　お小鉢や壺《つぼ》やお茶碗
そういうものたちをつなぎ合わせて推理するほかない
あなたの気持ちの本当のところ
ただ目を合わせてうなずかれても　私の不安には全然足りなくて
息苦しさの挙げ句の果てに
頭の皮膚が乾いてぺりぺり剝けてくるようになった
それでもあなたは　ほうっておけば何時間でも
ろくろと泥の塊にかがみこむばかり
形をととのえ終わって　あなたが両手の人差し指で
ろくろから　そうっと器を持ち上げるとき
私は　どれだけ　そんな小鉢やお茶碗になりたかったか知れないわ
いまいましいことに器というのは　どれをとっても
一途《いちず》に天を仰ぐかたちにできてるじゃない
神さまの恵みを待ってるような　健気《けなげ》な姿をしてるじゃないの
かがみこむあなたと　仰向くお茶碗は　満ち足りた問いかけとその答え
誰も割り込めない専用宇宙を持った　恋人たちのようで

あんまり見ていられないから　私は離れに近づくのをやめたんだ
「恋人じゃなくて　我が子なのに」と
あなたはいとしさの説明をしたけれど
それなら　私の子供でもあるはずでしょうと言ったら
あなたは　苦く笑っただけだった
あなたと親しくなったきっかけも　あなたを私にわからせない理由も
同じく器だっていうのは　やるせないことね
もっと　やるせないのは
私が死んだその夜からもう　顔色ひとつ変えないで
あなたが　離れで作業を始めたことのほうだったけど

もっとも　私は自分の死んだのが全くわかっていなかったから
何だかもう思いのままに
行きたいところへ　たちまち移動できる身の上が
うす気味悪いやら　楽しいやら
リビングのテーブルの上に置かれた白木の箱を怪しみながら

食事の支度や　お洗濯　ゴミ出しと
いつものあれこれ　やろうとするんだけど
何だかはげしく勝手が違うのね
今夜は湯豆腐にしようと思えば
とたんに商店街の豆腐屋の店先に立っているんだけど
いつものように若旦那と軽口叩きながら
絹ごし買うようなことができないの
いいえ　私は軽口叩いているんだけど　若旦那が私を相手にしない
相手にしてくれないのは夫だけで沢山だと思って
店の奥にずかずか入って
水そうに手を突っ込んで　揺れてる絹ごしをひっつかむんだけど
豆腐が手のひら逃げるのよね
いいえ　豆腐は逃げないわ　手のほうが用をなさないの
所在がなくて　水そうのなか
右手を閉じたり開いたりしているうちに　ふと
今度は　三ヵ月に一度の町内会費　納め忘れてたのを思い出すわけよ

あらいけない　と思ったとたん
たちどころに　私は佐々岡さんちの玄関にいるの
縁側に会長さんが見えるから　恐れ入りますって挨拶したのに
膝のぶち猫撫でてるばっかりで　顔を上げてもくれないのよ
耳が遠いんだか偏屈なんだか　と思って
あの　春の会費の支払いが遅れておりまして
誠に申し訳ありません　って
今度は気持ち大きな声を出したの
そしたら膝の猫がぴくっと目を上げて　私に向かってうなるじゃない
用事があるのはあんたじゃなくて
会長さんのほうなんだってばって　にらんでやったら
今度は身構えるのよ猫が
会長さんは　猫と猫の視線の先を見比べて
どうした　どうした　ですって
視力が落ちるのと認識力が低下するのは
どちらが先の老化現象なのかしら

なんて考えながらも　猫とのにらみあいはしばらく続いたわ
はりつめた空気に根負けした猫が
こっちに向かってとびかかってきたのを見届けて
納金は今度にしようとあきらめるほかなかったわね
お腹がへらない　爪ものびない不思議は　さておいて
やりにくいったら　ありゃしない
ここのところ　あなたが不出来な作品を叩き割る音も
工房からたびたび聞こえてきて
うんざり加減も極まった一週間前の昼すぎ
離れから戻ってきたあなたが台所にきて
冷蔵庫を開けると　牛乳パックを取り出した
切羽詰まった厳しい顔で
作業期限が明日にも迫っているのがわかったけれど
飲みかけの森永牛乳をそっちのけに
新しい成分無調整の方の封を切ろうとするから
そっちじゃないわよって　言う私に

あなたの知らんふりだけが　いつもと変わらなかった
ああまた素気《すげ》なくするんだと思って　悔しいから私
牛乳持って離れに戻ろうとするあなたの腰に　タックルかけたわ
あなたはしがみつく私を物ともせずに　ずるずるひきずったまま
渡り廊下を歩きだしたの
いくらなんでもこのへんで　何か変だと私　気が付いてもよかったのよ
あなたがどれだけ　渋っ面のツレない性格でも
奥さん腰にひきずって　すまして歩く人って　いないじゃない
でも私　ひきずられているうちに意地になってきて
死んでも離れてやるもんかって　いえ本当はとっくに死んでるんだけど
今日こそ　あなたとちゃんと向き合って決着つけてやるって
そう覚悟を決めました
私に「今日こそ」などと思わせる　何か特別な光が
この時あなたから放たれていたことは　確か
そのまま　あなたと工房に入って
土をこね始めるあなたの後ろから回した腕に

私　思い切り力を入れました
あなたは　下っ腹を窮屈がって　ふうふう息を荒らげました
ねえ　このごろ私　玄関を開けなくても家に入れるの　変よね
何だか　ご近所にも相手にされなくなって　さびしいんだから
話し続ける私を振り向きもせずに
あなたはろくろにかがみこむばかりでした
窓からは　傾きかけた太陽が斜めに床へと差し込んでいました
ごろごろという音だけが　高い天井に響いて
あなたの丸めた背中のまわりの空気が
時間を引き止めるように　少しずつ濃くなるのがわかりました
前に回ると　透き通った眼差《まなざ》しのあなたがいました
宇宙の深みに向き合って　静かに耳をすませている
今　自分自身の真ん中にいるあなた　今ならあなたとつながれる

そう思ったときでした
私は　自分の身体が　ふわりと柔らかくふるえた気がしました

あなたのまとう気配が　その輝きを
いちどにみしりと濃く深くしました
つられて　洗濯物が風に乾くように
帳尻の合わないでいた心から　湿り気だけが飛ばされて
軽く地面を浮かび上がります
左の胸を温かい水が　あふれてきました
起こっているのは　いったい何ごとでしょう
あなたは　集中を深めているだけなのに
あなたの　泥をいじる真剣さは
生まれくる器を待ちうける　その丹念ないとおしみは
細かな金の粒子にかたちを変えて
私のありようの中心へと　これでもかこれでもかと沁《し》みてくる
私はますます安らかになって
どこかにまぶしい場所があることを　信じられる気がしてくる
自分自身を辛《つら》くした　自信のなさを許してやれる気持ちになってくる

何時間が過ぎたでしょう
とうとうろくろが止まりました
糸尻を切った　小振りの壺を両手に　あなたが
それまで聞いたこともないような　長くて深い息を吐いたとき
私は　うっとりと気が遠くなりかける　そのゆるやかな放物線の途中で
突然　何もかもわかったのでした
これは　祈り
あなたが器を作ることは　祈ることでした
私の目のなかに　臨終の瞬間がよみがえりました
そしてようやく　合点がいきました
私は　死んでいたのです

一週間後　焼き上がった壺の胴体には　涙のたまゆら模様が
今までで　いちばん見事な流れ具合で　揺れていました
夕焼けが真っ赤に燃えて　工房のすみずみまで照らしていました
あなたは　手にした壺を赤く照らす夕焼けを

今はじめて気が付いたように振り仰ぎ　そのとたん
自分の目の際からつうっと落ちていく何かに
自分で驚いたような顔をしました
あなたの仕事の本当の意味が
生きてるうちにわからなくてごめんなさい
二度と迷わないで　私は逝ける

あなた
私の骨壺　こしらえてくれてありがとう

ふたの裏

山岡茂造さんのつくる棺桶は　具合がいいと
町では　なかなかの評判である
どんな壮絶な往生を遂げたホトケでも
棺桶に入ってひと晩たつと
死に顔が眠ったようにほどかれる
具合がいいと言っているのは　もちろんホトケではない
ホトケを見た　まだ生きている者が　そう言うのである

茂造さんが　この町にやってきたのは
今からもう　何年前になるだろうか
東雲《しののめ》組が　長くこの町にシマを張っていたところへ

新興してきた権田《ごんだ》一家が　はばをきかすようになって
縄張り争いが激しくなった　ある春のことだった

出入りのときの　死人の数を
当て込んだわけではなかったが
天翔《あまが》ける竜の旗印と
錦の不動明王の幟《のぼり》をひるがえす
それぞれの組の若い衆が
来る日も来る日も呆れ返るほどよく死んで
棺桶屋は　始めたとたんに忙しくなった
名刺代りの手拭いを
近所にくばる間もないほどである
散り舞う桜が　呼んでもいるのか
死人は待ってはくれなくて
間に合わない分の注文が
ひと月先までいっぱいになった

それほどまでに　茂造さんの棺桶が売れたわけは
実は　ホトケの　のっぴきならない頭数のせいばかりではなかったのである

最初の棺桶には
東雲組の下っぱが入った
匕首《あいくち》の胸のひと突きが致命傷で
閉じない両目がかっと虚空をにらんでいた
テッポウ玉と呼ばれていたこの男が
茂造さんの棺桶に納められ
通夜と葬式のあと
焼き場で最後に見せたのは
昼寝をしている子供のようなあどけなさで
静かに両目を閉じた顔だった

次の棺桶には
権田一家の中堅組員が入った

夜明けの県道で当て逃げされて
ねじれた右腕が硬直していた
棺桶に一日納めたあとには
腕のねじれがゆるんでいた

茂造さんのこしらえる棺桶の噂が
人の口の端《は》に上りはじめたのは
六つ目をこしらえた頃からだったろうか
成仏しない魂は寂しがって人を呼ぶから
商売をするなら墓場の近くに限ると言うが
見境なく死に急いだのを
いまさらに悔やんでいる魂たちが仲間を集めて
あの世から立てている評判でもあるまいか
人は　やっかみ半分で　そんなふうにも言ったが
茂造さんは　何を言われても聞き流すだけで
決して多くを語らない

ここから少し　昔のことである
とある小さな海辺の町が　久しぶりに事件で沸いていた
市会議員の一人息子が
別の議員の一人娘と　叶わぬ恋に落ちたのである
というのも
それぞれの父親は　ダム建設をめぐる闘争の推進派と反対派の先鋒《せんぽう》同士
しかもいずれの母親も　地元の二大旧家の家柄で
向こうを張り合う関係は　四代前まで遡《さかのぼ》るというから
ますます物語めいてくる
おまけに一人娘は　渚小町《なぎさこまち》とうたわれるほどの別嬪《べっぴん》であり
物干し台を舞台に　二人が睦言をささやき交わす　いかにもな現場などが
人々に　目撃されてしまったところへもってきて
一人息子の母親が
息子を手元に引き止めようと
狂言自殺まで　やってのけたものだから

ふだんはのどかな町が　大騒ぎになったのも無理はない

月明かりの夜のこと
町にも家にもいい加減うんざりして　家を出ようとする一人息子の前に
母親は　家宝の懐剣を引き抜いて
あんたを殺して　あたしも死ぬ　と　般若《はんにゃ》の顔で立ちはだかった
絶叫しながら母親を突き飛ばして　息子が玄関を飛び出したころ
蔵に幽閉されようとしていた渚小町は　すんでのところで逃げのびていた
やっとのことで　落ち合ったとき
ふたりは　もはや駈け落ちを決めていた
ガソリンを満タンにした　息子のベンツは
はじめ追っ手をかわしたが
三つ先の町まで逃げたところで
回り込まれて追い詰められた
あわてて運転をしくじって　ガードレールを跳ねとばし
そのまま　アーチを描いて飛び込んだのは

件《くだん》のダムの建設予定地の湖だった

一度は　ともどもあきらめられて
せめてもの供養にと　ふたり揃いの棺桶で　葬式が出された日であった
さあ　釘打ちの段になって
母親が覗き込んだ片方の棺桶の　ふたの窓から見えたものは
ありったけの心残りと悔しさで
滂沱《ぼうだ》の涙と泣きじゃくる
ひとり息を吹き返した　息子の顔である
うれしさで半狂乱になって　息子をかき抱こうとする母親と
その母親の腕を反射的にふりほどき　ひきつったように目を逸《そ》らす息子を
周りの者は　ただ唖然として見ているばかりであったという

息子は　しゃくり上げながら
今まで小町と二人　ずぶぬれで
きれいな川のほとりにしゃがんでいたと言った

恐らくそれは三途の川で　あっちとこっちの境目《さかいめ》だろう
水の滴る前髪をはらって　ふと立ち上がった小町は
口許を両手で丸く囲むと
もう　いいかぁい
と　川の向こう岸に向かって　きれいな声を放り投げた
もう　いいよう
どこからともなく　声が応えて
ゆっくり振り返った小町は
あんたは　まだみたい
名残惜し気に　そうつぶやくと
白い太鼓橋を渡って消えたそうである
小町のあとは追えなかった
まだなんだから　しかたがない
そう言って息子は　また泣いた

母親の　なだめてすかして泣いて罵る

すさまじい引き止めをふりほどき
息子はひとり　海辺の町をあとにした
あんたは　たったひとりの母親だから
憎んで一生を終えたくないんだ　と
やっとの思いで言いながら

向かい風が吹いてきて　息子の踏み出す足を押し戻そうとしたが
大きく息を吸いこんで　強い風圧をふところに感じてみた
息子がそんなことをしたのははじめてだった

さすらいの旅の空の下で　息子がひとり考えるのは
返すがえすも　理想的な棺桶についてであった
ひとは　死に目が肝心だから
あの世とこの世の境目を　やじろべえみたいに綱渡りして
揺れて迷うのは　いただけない
息を吹き返す前の棺桶のなかは　なんて心細かっただろう

心細さを抱えたままの　あの世までの道すがらに
死にきる元気が出たホトケには　そんな元気を認めるような
生き返る覚悟を決めたホトケには　そんな覚悟を見守るような
そういう棺桶というものが　これからの時代には必要ではないか
棺桶のなかの暗やみが　死にゆく人を絶望させないために

流れついた最果てのこの町で　息子は店を開くことにした
棺桶の中の居心地を　誰より死人の気持ちになって汲みとれる棺桶屋
めぐりあわせは　放っておけば偶然だけれど
そう言い切ってしまえない
これが　茂造さんそのひとである

最初の棺桶には
東雲組の下っぱが入った
匕首の胸のひと突きが致命傷で
閉じない両目がかっと虚空をにらんでいた

テッポウ玉と呼ばれていたこの若い衆の
大事なものは何であったかと茂造さんは訊《たず》ねてまわった
かわいがってくれた祖父《じい》さんの写真を持ち歩いていたという話を聞いて
茂造さんは　棺桶のふたの裏側に
写真のまんまの　祖父さんの顔をこっそり描いた
ふたを閉じると　祖父さんがホトケと向かい合う
通夜と葬式済ませた後に
焼き場で最後に見せたものは
昼寝をしている子供のようなあどけなさで
静かに両目を閉じた　テッポウ玉の顔だった

次の棺桶には
権田一家の中堅組員が入った
夜明けの県道で当て逃げされて　ねじれた右腕が硬直していた
打ち上げ花火が三度の飯より好きで
夏の花火大会を　一から十まで進んで仕切ったと聞いて

少し大きめの棺桶のふたの裏に
夜空にはぜた三尺玉の菊の花を　七色絵の具で描いてみた
棺桶に一日納めたホトケは　腕のねじれがゆるんでいた

茂造さんの　心が決まるために
棺桶は　二つで十分だった
ふたの裏の絵付き棺桶
絵心の足りない分は　ご愛敬
ホトケ以外は絵を見ないから　そのうち達者になったら　おなぐさみ
死人がなごむ棺桶は　手応えも確かに走り出した

それからというもの茂造さんが描いたのは
ホトケが可愛がっていた鳥や猫　女のヌード　富士の山
千手観音　満漢全席　北島三郎の似顔など
実にバラエティに富んでいて
やがて　生きているうちから注文するひとも出てくるようになったほどだ

風の噂が　広まって
どうかうちのばあさんにも　と依頼された棺桶は
堅気の家の　百七歳で大往生したホトケのだった
畳の上で天寿を全うした人は　それだけで成仏できますよ　と断るのに
そこを何とか　と頼まれて
茂造さんが描いたのは　ふた一面の青だった
秋晴れの空の色である
断りかけた仕事だったが
迷わず空へと溶けていく　心地よさを想ってみたら幸福で
茂造さんの方が　お礼を言いたい仕事になった

続く縄張り争いで
流れ玉に当って殉職した　少年のような顔をした警官は
東雲組の若い衆と　ほかでもない幼なじみの親友だった
茂造さんは　くちびるを嚙む若い衆を
目の真前《まんまえ》に座らせて

くちびるを噛むその顔のまんま
ふたの裏に写し取った

団体旅行のバスが　渓谷に突っ込んで
三十人の中学生に　いっぺんに往かれたときは
さすがの茂造さんも
心おだやかにしておれず
天を呪ってしまいそうだった
人生これからという魂は
行き場所を突然失って　どんなにか途方に暮れているだろう
気合いを入れ直した茂造さんは
三十枚のふたの裏に
両目の離れた　のし餅のような顔の猫
最新のゲームソフトの世紀末的おっぱいをした美少女のキャラクター
ダンスがめっぽう上手くてギラギラしている青年たち
ダンスがそこそこ上手くてへらへらしている少年たちの顔　などといった

茂造さんには　意味不明のあれこれを
次から次へ　描きまくったものだった

茂造さんのこしらえた棺桶のなかで
いくつの魂が　いっときの夢を見たろうか
暇にならないこの商売は
浮かばれたがっている心の　どれだけあるかを物語る
ほんとは棺桶屋の流行る町なんて
ろくなもんじゃないんだよなあ　と　つぶやいて
それでも茂造さんは
こつこつ棺桶をつくりつづけた

夢中で棺桶をこしらえる忙しさの合間に
いずれ納まる自分の棺桶について
茂造さんは夢想した
ふたの裏に描くのは　小町の顔と決めていた

ひとは死に目が肝心だからなと言いながら
暇を見つけては
小町の顔の下絵を何枚も何枚も描く茂造さんは
棺桶に入る往生の日を
本当に楽しみにしているふうだった
それは茂造さんが　はじめて感じた
今　生きている喜びだった

いくつめの棺桶だったろう
丸刈り頭に痩せっぽちの若いホトケは
東雲組の使いっぱしりで　父親と二人暮しだったという
十年前　母親が男と逃げたあとからこっち
父親は毎日飲んだくれて　暮らしは荒《すさ》み放題だった
組の事務所の界隈を　てれてれ歩いているときに
テキのチンピラに　撃たれて死んだ
向かいの舗道に　母親の姿を見た気がして

弾かれるように通りを渡った使いっぱしりの　その切羽詰まった表情に
張り込みが見つかったのだと早合点したチンピラが
あわてて二発　撃ったのだった
ホトケの小学校の頃の担任が
茂造さんに　一枚の絵を手渡した
桃の缶詰めを描いた　クレヨン画だった
熱を出して寝込むたび　食わせてもらって美味くて描いた
まだ母親がやさしかった頃の話だという
いちばん安い棺桶のふた一杯に
たわわに実る水蜜桃の畑を　茂造さんは描ききった
そして　死ぬほど迷った挙句
母親を桃の樹の下に座らせた
クレヨン画には　桃缶よりもずっと大きく
微笑む母親が　描かれてあったのだ
茂造さんは　思い出さないわけにはいかなかった

とりすがってきた母親のことを
見ないフリをしてきていたが
この仕事をはじめてから
いちばん数が多かった絵は
母親の似顔だったことを　茂造さんは気づいていた
すでにあの世の母親に向かって
死に目に会えずにごめんなと
はじめて茂造さんは　手を合わせた

それが最後の仕事になった
満足そうに絵筆を置くと
一度ううんと伸びをしてふとんにはいり
茂造さんは　そのまま目覚めなかった

自分の棺桶は　作らずじまい
作るつもりもとっくになかった

茂造さんはいつのころからか
自分の屍《しかばね》が
どこかの山のてっぺんで　鳥につつかれてなくなっても
どこかの川に流されても
迷わずあの世に行けると
わかっていたのではなかろうか

もう　いいかい
もういいよ
水蜜桃の樹の下で
東雲組の使いっぱしりが　小町と手を振っている
棺桶屋のいなくなった町に
何度目かの春たけなわの追い風は　桜吹雪をかきまわし
天翔る竜の旗印と錦の不動明王の幟を
二つ揃えて　いきおいよくひるがえした

エピローグにかえて

かみさま

かみさま　とよびかけて
はーい　とへんじされたら
なんだか　こまる

かみさま　とよんだあと
しばらくの　しずけさに
かみさまは　いる

エッセイ

しあわせ

川上弘美

石川県の北にあるその宿は、不思議な場所なのです。まず、スリッパがない。歯ブラシなどのアメニティーグッズも備えていない。部屋に電話はなく、もちろんテレビもありません。冷房設備はないし、暖房は、宿泊客たちが食事をとる吹き抜けの板張りの広間にある囲炉裏と、薪ストーブだけ。寒い土地なので、一番寒い季節には、営業をしていません。

旅館の主《あるじ》とは、実は少しばかり昵懇《じっこん》にしていたので、なぜこのようなストイックな旅館にしたのか、理由を教えてもらったこともあるような気もするのですが、忘れました。宗教的な理由や、修行をしよう！　心の修養を積もう！　などというような目的は、いっさいありません。宿のホームページには、「いたらない、つくせない宿なんです」「なんにもありません。申し訳ありません」などと書いてありますが、主はたぶん

「申し訳ありません」なんて、ほんとうは思っていません。「これがいいんだぜ」と確信しているはずです。ざっくばらんで、少し天邪鬼《あまのじゃく》で、楽しいことが好きな主なのです。あと、おいしいものも。

主が食いしんぼうなだけあって、宿の食事はたいそう美味。辰巳芳子《たつみよしこ》さんに弟子入りしたかったけれど断られ、それでも使い走りをしながらいろいろ教えてもらった話――厳しいんだよあの人、ほんとにさ。でもうまいもん作るんだよなあ――やら、禅寺で、こちらは弟子入りを許してもらい料理修行をした話、などを肴《さかな》に、ほかのお客さんがいない時には、奥（家族で食事をする、子どもの落書きが壁いっぱいにある畳の間。旅館部分は、塵《ちり》ひとつない、磨きあげた木造の、余白だらけの空間なのに、奥の畳の間は、狭くていろんなものが置いてあって、だらだらしてて、居心地がいい）で一緒に酒盛りをすることもありました。

宿には、たいがい本を読みに行きました。朝食をとり、宿のまわりの、店など一軒もない自然の中を小一時間ほど散歩し、食事をとる広間に置いてある雑誌をぱらぱら眺め、あとは何もすることがないので、部屋に戻ってひたすら本を読むのです。ずっと積《つん》読《どく》だった硬軟とりまぜた本十数冊ほどを、宿に行く前に宅配便で送っておき、数日間泊まっている間に読み散らかす、という「読書宿泊」の場所としては、日本一ではないかと思います。

覚和歌子さんとばったりお会いしたのは、この宿でです。朝食の席でした。

それまで覚さんとは一面識もなく、『千と千尋の神隠し』の主題歌の作詞をした方だとは存じ上げていましたが、おそらく東京のどこかですれちがっても、お互いのことを認識することはできなかったでしょう。けれど、小さなこの宿でその日朝食をとったのは、女性四人でその前日の夜遅くにやってきた覚和歌子さんのグループと、わたしとその同居人という二人連れ、それだけでした。すでに十年ほど前のこととて、記憶はおぼろなのですが、なんとなく「あれ？」という感じでお互いに気がつき、おずおずとあいさつをしあい、それから、またお互いの連れとの話に戻っていった、という印象があります。

その日にわたしたちは宿を後にしたので、覚和歌子さんとはそれ以上会話を交わすことはありませんでした。だから、その宿での邂逅《かいこう》は、記憶の奥底に沈んでしまっていってもまったく不思議なことではなかったのです。けれど、なぜだかわたしは、この時覚和歌子さんと出会いすぐに別れたことを、しばしば思いだすのです。嬉《うれ》しい、やら、なつかしい、やら、もっと話をすればよかった、といった感情の揺れはともなわず、ただただ、「あの時会ったなあ。そして、すぐに別れていったなあ」と、のぼって沈んでゆく月を見た時のような、ぽかりとした心もちで、数か月に一度ほど、思いだすのです。

この解説の依頼のメールが、覚和歌子さんの担当編集者の方から届いたのも、ちょうど覚和歌子さんと「会ったなあ」と、くり返し聴いている音楽をふたたび聴くように、安らかに思いだした直後でした。あのときの出会いを、覚和歌子さんも覚えていらっしゃるとは思っていなかったので、「石川の宿で会った」ご縁についてメールの中に書いてあったことに、たいそう驚きました。


覚和歌子さんの詩は、優しい言葉で書かれているにもかかわらず、濃密です。言葉につながれた次の言葉、そしてさらに次の言葉が、一つの意味だけではなくいくつもの意味をなし、さらに連想を広げてゆくからです。この詩集の、どの詩もわたしには印象的なので、ただ一つの詩だけについて何かを言うだけではまったく足りないのですが、けれどそれではすべての詩について何かを言う必要があるかといえば、それも違う気がします。

まず一つめの詩を読み、二つめの詩も読み、三つめの詩も読むうちに、ことなる景色や場所や時間が語られているのに、それらすべてはどこか同じ遠い場所へとつながってゆくような心もちになるからです。それがいったいどんな場所なのか、おそらく作者である覚和歌子さんにもわかっていないかもしれません。それは誰もが知っていて、記憶の中にはたしかにあるのに、この世の誰一人届いたことのない場所なのかもしれません。あるいは、誰も知らないのに、夢の中でだけいつか行ったことのある場所なのかもしれない。

今、ぱらりとこの詩集をめくってみて開かれたのは、「空への予言」という詩のページでした。この詩の意味を、今日わたしは恐ろしいと思いますが、一か月後に読めば、なんと優しいと思うかもしれません。一年後には、なんと哀《かな》しいと感じるかも。詩集を閉じ、ふたたび開いたときにあらわれたのは、「死にそうな日の笑い方」という詩。「忘れられたキャベツのように」という言葉に、少し笑います。それから、この詩の中の「僕」に同情しつつ、いったい「僕」は何をめざしているのかなあ、と思いながら最後まで読めば、「僕」の深さにいつの間にかうたれているのです。

そのように、いくつもの感情をよびさましながら、こちらの体や心に知らぬ間にしみこんでくるのが、覚和歌子さんの詩なのだと思います。読んだその夜には、今までみたことのない夢をみるかもしれません。明日起きた時には、朝日の色がちがってみえるかもしれません。そんな、詩なのです。

あの宿には、しばらく行っていません。主は元気かなあと、こちらは覚和歌子さんのことを思いだすのよりも頻繁にではなく、思います。背の伸び盛りだった子どもたちも、もう大人になっているはず。宿の、しんとした余白や、それと裏腹の落書きいっぱいの「奥」や、覚和歌子さんと同じ空間で食べたおとうふの滋味や、覚和歌子さんの笑顔や、宿の周囲の草原のさみしさや、板張りの廊下の冷たさや、真夜中に遠くで鳴く狐《きつね》の声を、この詩集は思いださせてくれます。あの宿で、覚和歌子さんに会えたことは、何かのご縁だったのかなと思います。袖すり合うも多生の縁、という言葉もありました。生きていると、そんなご縁が、いくつかふってきて、しあわせとは、そういうものだと思うのです。

（かわかみ・ひろみ／作家）

覚和歌子　略年譜

一九六一（昭和三十六）年
九月一日、山梨県山梨市に生まれる。父細田秀造二十七歳、母幸子二十五歳の長女（単子《ひとりご》）。生後間もなく母方の実家、東山梨郡勝沼町（当時）に一家で移住。土地の保育園に馴染めず、ひとり遊びの癖がつく。

一九六五（昭和四十）年●四歳
五月、千葉県犬吠埼《いぬぼうさき》へ旅行。生まれて初めての海に興奮し絶叫する。家族三人で山梨市に移住。光明保育園に転園。癇《かん》が強く爪噛みをはじめる。心細くて泣いてばかりいた。泣き終わる頃にしゃくり上げだけが残って呼吸困難に陥る恐怖から登園拒否。肉魚嫌いで痩せて人見知りが強かった。母が四ヶ月で流産。

一九六八（昭和四十三）年●七歳
山梨市立加納岩《かのいわ》小学校入学。アマチュアシンガーソングライターをしていた母方の叔母和恵が同居、音楽面での影響を大きく受ける。

一九六九（昭和四十四）年●八歳
初めて行分けの詩（「わたしのすきなもの」）を書き、将来作詞家になると母に宣言する。

一九七〇（昭和四十五）年●九歳
小学校三年生の九月より、鍵っ子にさせたくない母の希望で、下校後から母の帰宅までの時間を知己の矢野家で過ごす。合唱部（当時音楽コンクールの上位常連）にスカウトされて所属。

一九七一（昭和四十六）年●十歳
父が東京に単身赴任。

一九七三（昭和四十八）年●十二歳
七月、父の勤め先の異動により千葉県松戸市に転居した両親と離れ、矢野家に下宿。TBS音楽コンクール独唱の部に出場し、優良賞。感受性が強すぎて情緒は不安定。

一九七四（昭和四十九）年●十三歳
三月、父母の待つ松戸市に転居。四月松戸市立第一中学校入学。サイモン&ガーファンクルに執心し、ギターと作曲を始める。

一九七七（昭和五十二）年●十六歳
四月、千葉県立東葛飾高校入学。十月、東京都足立区に家族で転居。この頃将来は創作で身を立てると決意。価値観の違う母親との葛藤が激化。

一九八一（昭和五十六）年●二十歳
四月、早稲田大学第一文学部入学。〈オルケスタ・デ・タンゴ・ワセダ〉でボーカル。ヤマハのアーティスト育成企画に加えられ、渋谷エピキュラスに通う。

一九八二（昭和五十七）年●二十一歳
文芸科を専攻。ミュージカル研究会の作曲担当。逆さ睫毛手術。

一九八三（昭和五十八）年●二十二歳
ニューウェイブバンド〈ベストクラシックス〉結成（key. 鶴来正基、Dr. 矢部浩史など）。都内のいくつかのライブハウスに出演。ボーカル、作詞担当。

一九八五（昭和六十）年●二十四歳
三月、文芸専攻卒業。卒業制作は小説「猫

楽」。担当教授は故平岡篤頼。音楽ユニット〈OM〉をkey.鶴来正基と結成。ライブ活動継続。前衛ロックバンド〈ショコラータ〉に作品を提供し、作詞家デビュー（キングレコード）。虫垂炎手術。

一九八六（昭和六十一）年●二十五歳
作詞家マネジメントオフィス〈ビッグブラザー&ホールディングカンパニー〉に所属。アイドル、ニューウェイブバンドの作詞を手がける。十二月、ニューヨークに初めての海外旅行。

一九八八（昭和六十三）年●二十七歳
ライトノベル『真っ赤な扉』（小学館／覚和歌子名義）刊行。フリーランスになる。インクスティック六本木などでライブ活動継続。富士山で巨大UFO目撃。

一九八九（平成元）年●二十八歳
ベーシスト／プロデューサー吉田建より沢田研二の作詞を依頼され、以後沢田研二に五十曲を作詞。

一九九一（平成三）年●三十歳
沢田研二ジャズカバーアルバム『A Saint In The Night』（東芝EMI）全曲日本語詞担当。

一九九二（平成四）年●三十一歳
四月、鬱症状を発し、十ヶ月間投薬治療。六月、沢田研二アルバム『Beautful World』（東芝EMI）全曲作詞。十月、淡路島世界環境会議に朗読出演。

一九九三（平成五）年●三十二歳
自作詩朗読会「テレプシコール」開始（年六回／建築家石山修武プロデュース）。八月、身体技法〈∞気流法（坪井香譲創唱）〉入会。同会員でシンガー木村弓と知り合う。このエクササイズによって鬱症状は劇的に改善。

一九九四（平成六）年●三十三歳

スペインバルセロナにて朗読イベント。石山修武とレクチャー&詩朗読の会（一九九五年まで不定期継続）。

一九九五（平成七）年●三十四歳

九月一日、噺家入船亭扇辰《せんたつ》と入籍。十一月、仏パリ「白鳥のまなざし劇場」（∞気流法フランスセミナー）にて詩朗読。南青山MANDARAにてソロライブ「詩と舞の協奏」（共演佐藤響子、一九九七年まで不定期継続）。

一九九七（平成九）年●三十六歳

「雪解け」（『ゼロになるからだ』所収）でゆきのまち幻想文学賞佳作。

二〇〇〇（平成十二）年●三十九歳

三月、朗読集団〈花楽響〉初ライブ（二〇〇九年まで不定期参加）。

二〇〇一（平成十三）年●四十歳

七月に封切の映画『千と千尋の神隠し』（宮崎駿監督）の主題歌「いつも何度でも」（作曲歌唱木村弓）で第四三回日本レコード大賞金賞、第二五回日本アカデミー賞主題歌賞。八月、アイルランド旅行。十二月、「魂のいちばんおいしいところ」コンサートにて谷川俊太郎、谷川賢作と初共演（不定期で継続中）。

二〇〇二（平成十四）年●四十一歳

四月、詩集『ゼロになるからだ』（徳間書店）刊行。この頃からイベント出演が増える。

二〇〇三（平成十五）年●四十二歳
九月、写真詩集『yah-canこの世の始まりをめぐって』（富山房）。同年八月に刊行した『ねんどぼうや』（ミラ・ギンズバーグ著、徳間書店）の翻訳で、やまねこ文学賞絵本部門大賞。

二〇〇四（平成十六）年●四十三歳
一月、エッセイ集『青天白日』（晶文社）刊行。二月、バンド〈Marsh-Mallow〉（上野洋子、丸尾めぐみ）参加、初ライブ。十一月、自唱ソロアルバム『青空1号』（ソニー）。

二〇〇五（平成十七）年●四十四歳
十月、山梨詩祭ゲスト出演。メキシコ（ククルカン等）、エジプト（ギザ、アブシンベル等）へ旅行。

二〇〇六（平成十八）年●四十五歳
二月、〈ポエトリック・オペラ〉を丸尾めぐみと結成して初ライブ。ペルー（マチュピチュ）、ボリビア（チチカカ湖）旅行。

二〇〇七（平成十九）年●四十六歳
三月、詩集『海のような大人になる』（理論社）刊行。五月、中原中也生誕百年祭出演。七月、NHK・ETV特集ドキュメンタリー「いのちをうたう言葉」主演。

二〇〇八（平成二十）年●四十七歳
五月、映画『ヤーチャイカ』監督脚本、原作、ナレーション（アンジェリカ、共同監督脚本谷川俊太郎）。一月、宗匠をつとめた公募連詩企画「星つむぎの歌」（作曲財津和夫、歌唱平原綾香、山梨日日新聞社）完成。三月、JAXA宇宙連詩完成披露シンポジウム。五月、スイス（モンテローザ）、イギリス（ストーンヘンジ）を旅行。
二〇〇九（平成二十一）年●四十八歳
ジンバブエ（グレートジンバブエ等）、ザンビア（ビクトリアフォールズ）、ドイツ（ヴィース等）、ノルウェー（フィヨルド、ウルネス）を旅行。四月、創作絵本『星つむぎの歌』（響文社）刊行。十月、NHK全国学校音楽コンクール課題曲「ここからいちばんとおいところ」（作曲千住明）作詞。
二〇一〇（平成二十二）年●四十九歳
三月、熊本連詩。七月公開の映画『崖の上のポニョ』オープニング主題歌「海のおかあさん」（作曲久石譲）を宮崎駿監督と共作詞。十一月、しずおか連詩の会（二〇一九年まで不定期参加六回）。五月、自唱ソロアルバム『カルミン』（スペースシャワーネットワーク）を発表。
二〇一一（平成二十三）年●五十歳
三月、作詞を担当した合唱曲アルバム『グリー』（作曲千住明）発売。六月、NHK「Live Show for TEENS」に出演。十月、第七回北京詩祭に参加。渡部陽一朗読アルバム『Father's Voice』（ビクター）へテキスト書き下ろし。十一月、東日本大震災ドキュメンタリー『きょうを守る』（菅野結花監督）の主題歌「ほしぞらとてのひらと」（作曲丸尾めぐみ、モモランチレーベル）を発表。
二〇一二（平成二十四）年●五十一歳
七月、『きょうを守る』上映活動として米国ユタ州立大学へ。
二〇一三（平成二十五）年●五十二歳
二月、東京ニューシティ管弦楽団第八五回定演ゲスト出演。六月、『ハナさんの赤い指輪』私家版。七月、米国バーモント州ミドルベリー大学日本語学校特別授業（二〇一四、一五、一六、一九、二二、二三年、継続中）。八月、ミュージカル『星つむぎの歌』（ピッコロ劇団上演）の共同脚本を担当。

二〇一四（平成二十六）年●五十三歳

四月、六本木連詩（クラウス・メルツ、谷川俊太郎ほか）。五月、山梨県北杜市にアトリエを借りる。以後、月に最低十日をここに滞在。七月、自唱ソロアルバム『ベジタル』（モモランチレーベル）を発表。全作詞を担当した『うたはいつも　そこにいて：こどもたちへのソングブック』（作曲谷川賢作、音楽之友社）刊行。

二〇一五（平成二十七）年●五十四歳

三月、インドネシアバリ島に旅行（以後二〇二〇年まで毎年）。四月、〈ライブ対詩〉（共作谷川俊太郎、二〇一九まで継続）。九月、『yes』（高砂淳二と共著、小学館）。十月、「オーラル　オーライ！～詩は声で聴け」と題して谷川俊太郎、秋山基夫と朗読会。

二〇一六（平成二十八）年●五十五歳

四月、『ポエタロ』（地湧社）。七月、詩集『はじまりはひとつのことば』（港の人）。星を介した社会活動を行う〈一般社団法人星つむぎの村〉の顧問に就任。

二〇一七（平成二十九）年●五十六歳

二月、第三八回槐多忌にて講演。九月、自唱ソロアルバム『シードル』（モモランチレーベル）発表。十月、「スタジオジブリ・レイアウト展」の山口県巡回時イベントでのゲスト出演。十月、『対詩　2馬力』（谷川俊太郎と共著、ナナロク社）。この頃、HSP（Highly Sensitive Person）と診断を受ける。

二〇一八（平成三十）年●五十七歳

十月、マルタ共和国とベルギーにてワークシヨップ。父母、老健施設入所。

二〇一九（令和元）年●五十八歳

三月、バリ島より帰国直後、脳梗塞で緊急搬送、十日間入院。七月、クミココンサートにゲスト出演。

二〇二〇（令和二）年●五十九歳

一月、米国カリフォルニア大学サンディエゴ校にてワークショップ。八月、十二インチレコード「草の匂いが濃くなる前に」（谷川俊太郎との対詩朗読、Tokyo Haremame Records）。四月よりコロナ下のリレー詩作「空気の日記」参加（二〇二一年、書籍化）。九月、奥大和芸術祭MIND TRAILにて、奈良県天川村洞川《どろがわ》地区へ訪問（以後参加継続中）。

二〇二二（令和四）年●六十一歳

二月と十二月、新型コロナウイルス感染症（COVID-19）陽性が判明するも、ごく軽症（ワクチン未接種）。書き下ろし組曲集『同声合唱とピアノのための組曲 ドラゴンソング』（作曲信長貴富、音楽之友社）。六月、十月朗読会「ゼロトクロ」（継続中）。十月、映画『土を喰らう十二ヵ月』（中江裕司監督）に、主演の沢田研二の希望で「いつか君は」（大村憲司、ココロコーポレーションより九六年初リリース）が主題歌となる。

（敬省略、二〇二三年　著者自筆）

収録作品一覧

底本資料の括弧について、〈 〉はCD、「 」は楽譜本・図録、『 』は書籍を表し、本書収録の作品名を／でつなぎました。底本資料では、作品タイトル・本文の表記等が多少異なるものがあります。

心の青
〈Watercolours〉村上ゆき（ヤマハミュージックコミュニケーションズ 二〇一一年）

いのちの名前／いつも何度でも
〈いつも何度でも〉木村弓（徳間ジャパンコミュニケーションズ 二〇〇一年）

ドモ アリガト／走り水／さかな／からだ／アプローズ
『ゼロになるからだ』（徳間書店 二〇〇二年）

拝啓 陶芸家様

こ・こ・から／ひまわり
〈流星〉木村弓（徳間ジャパンコミュニケーションズ 二〇〇三年）

〈青空1号〉（GTミュージック　二〇〇四年）
真夏の振り子／はたち／空への予言／葡萄の木
『地球にステイ！　多国籍アンソロジー詩集』（四元康祐編　クオン　二〇二〇年）
きみがこの詩を書いている
〈自然現象〉上野洋子（日本クラウン　二〇〇五年）
野苺
『海のような大人になる』（理論社　二〇〇七年）
夕焼けパレード／羽虫／うすみどり／おしっこ／ひとめぐり／世界は音／かみさま
〈カルミン〉（valb・モモランチ　二〇一〇年）
死にそうな日の笑い方／眠れる更紗／夕焼けは星空のはじまり／凪の丘
〈ほしぞらと てのひらと〉（valb　二〇一二年）
ほしぞらと てのひらと

「こころに地図をひらいたら」（音楽之友社　二〇一一年）
知らない町／十字路

『中学生で出会っておきたい71の言葉』（ＰＨＰエディターズグループ　二〇一二年）
言葉の領分

〈ベジタル〉（valb　二〇一四年）
Ginger Girl／くすり指のターニャ／フライング スプーン

「うたはいつもそこにいて」（音楽之友社　二〇一四年）
もうすこし あとすこし／水のまゆ／ともだちはなぜ／あるくあるく

『はじまりはひとつのことば』（港の人　二〇一六年）
むかしはみんなが巫子だった／春は夢の上／ありったけの夏／秋の質問／ふゆはたまもの／夏の理由／希望の双子／このたたかいがなかったら／このたたかいが終わったら／美しいもの

〈シードル〉（モモランチ　二〇一七年）
林檎／かりんと かたつむり／封印のワルツ／ピエタの椅子
「その木々は緑」（音楽之友社　二〇一八年）
むかし ことばは／その木々は緑
「謳う建築」（寺田倉庫ＷＨＡＴ（展示）　二〇二〇年）
黒水晶の家
『空気の日記――23人の詩人が綴ったコロナ禍のリレー日記３６５日』（書肆侃侃房　二〇二一年）
空気の日記
書き下ろし
実験惑星／ふたの裏

Haruki Bunko
ハルキ文庫

か 22-1

覚《かく》 和歌子詩集《わかこししゅう》

著者 覚《かく》 和歌子《わかこ》

2023年 3月18日第一刷発行

発行者 角川春樹

発行所 株式会社角川春樹事務所
〒102-0074 東京都千代田区九段南2-1-30 イタリア文化会館

電話 03(3263)5247(編集)
03(3263)5881(営業)

印刷・製本 中央精版印刷株式会社

フォーマット・デザイン 芦澤泰偉
表紙イラストレーション 門坂 流

ISBN978-4-7584-4545-0 C0192 ©2023 Kaku Wakako Printed in Japan
http://www.kadokawaharuki.co.jp/[営業]
fanmail@kadokawaharuki.co.jp[編集] ご意見・ご感想をお寄せください。